Monsieur Noël

ノエル先生と
しあわせのクーポン

シュジー・モルゲンステルン／作
宮坂宏美　佐藤美奈子／訳
西村敏雄／絵

講談社

ほんとうは、みんな、学校にもどれるのがうれしかった。フランスの長い夏も終わりに近づき、いつまでも暑い午後にそろそろあきてきていたのだ。だからひそかに、秋になって新しい学年がはじまるのが楽しみだった（フランスでは九月からが新年度）。「また学校か」と、口ではもんくをいっていても、心の底ではよろこんでいた。新しい担任《たんにん》の先生に会うのはちょっぴりどきどきするけれど、早く小学校の最上級生（フランスでは五年生）になりたかった。

なのに、五年生の担任になった先生は、期待はずれもいいところだった。先生は、びくともしない丸太みたいに、つくえのうしろにでんとすわっていた。シャルルは、「新しい先生がこんなに年よりだなんて、うそみたいだ」と思った。ママールは、「ぼくの目がおかしくなって、二重、三重、もしかして四重に見えてるのかな」と、先生の大きな体に近づいてみた。

あの顔じゅうのしわって、まさか本物？　みんなは、ぞっとして顔を見あわせた。ほんとうに、心の底から、どうしようもなくがっかりした。ハンサムなスポーツマンのわかい先生を期待していたのに、じっさいにあたったのは、ちっともかっこよくない太ったおじいさん。頭はくしゃくしゃで真っ白だし、鼻の先には小さいめがねがちょこんとのっている。それにおなかは、ボールみたいにまんまるだ。もしかすると、五年生のうちに見られるボールは、たったひとつ、このおなかだけになってしまうかもしれない。

ポール・エリュアール小学校には、体育の先生がいない。体育をいつやるか、それともやらないかは、担任《たんにん》の先生が決めることになっている。このおじいさんの先生が大よろこびで体育をやるとは、とても思えなかった。

みんなは、先生の声にもぎょっとした。ニーナは、地の底からひびいてくるような低いしゃがれ声を聞いて、とびあがった。先生が最初にいった言葉にも、クラスじゅうがおどろいた。先生は、「おはよう」でも、「わたしの名前は……」でも、ましてや「さあ、席について」でもなく、ひとこと、こういったのだ。

「みんなにプレゼントをあげよう」

五年生に勉強を教えてくれるはずのこの先生は、紙につつまれたプレゼントをひとりひとりのつくえにおいていった。かっこわるいおじいさんでごめんね、とでもいうみたいに。けれど、プレゼントをくばっているあいだ、みんなの顔をちらりとも見ようとしなかった。

コンスタンスがつつみ紙をひらくと、なかから、ひとつづりのクーポン券《けん》が出てきた。みんながもらったのも、同じものだった。

「まさか、これから一年間、クーポンを切りつづけるってことですか?」

ベネディクトが、自分のおじいちゃんを思いだして、大声できいた。ベネディクトのおじいちゃんは、毎日クーポンを切りとったり、使ったりしてくらしている。

けれどベネディクトは、これが店で使うようなふつうのクーポンではないことに、だれよりも先に気づいた。一枚《まい》一枚に「クーポン」と書いてあって、その下になにができるかが説明されている。

先生は、だまったままシャルルのつくえをトントンとたたき、クーポンを読みあげるようにうながした。シャルルは、この先生、原始時代にもどっちゃったのかも、と思った。言葉を使うかわりに、指をさしたり、鼻を鳴らしたりするばかりだったからだ。

それでもシャルルは、先生が声を出さずに命じたことにしたがった。最初はとまどっているだけだったが、クーポンに書いてあることを読みあげていくうちに、すっかりおどろいてしまった。

ねぼうする券《けん》
学校を一日サボる券
ちこくする券
宿題をなくす券
宿題をしない券
わすれ物をする券
授業《じゅぎょう》を聞かない券
授業中にねる券
カンニングをする券
授業中にあてられてもこたえない券
しかられない券

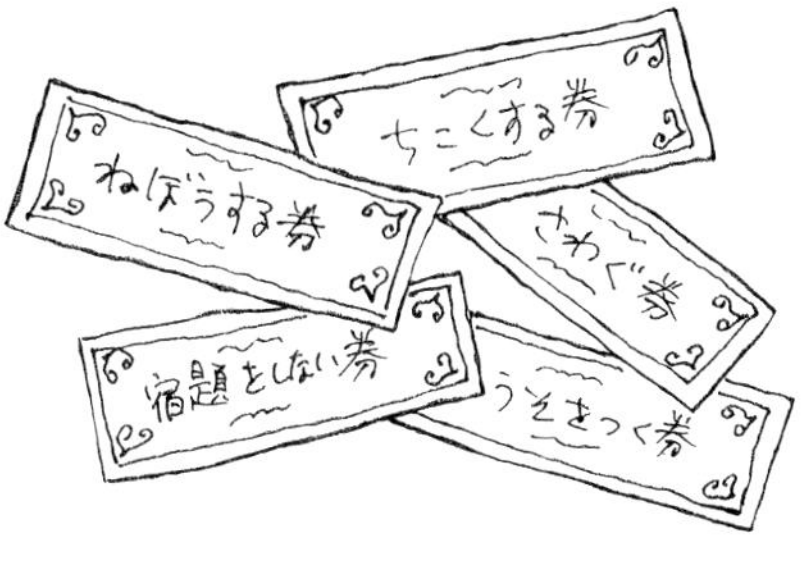

授業中《じゅぎょうちゅう》に食べる券《けん》

さわぐ券

シャルルは、自分の目も耳も信じられなかった。思わずゲホゲホせきこむと、先生はベネディクトを指さして、つづきを読むようにうながした。

好きなときに思いっきりうたう券

授業中におどる券

授業をサボる券

ふざけまわる券

うそをつく券

先生のほっぺたにキスをする券《けん》

そこまで読んで、ベネディクトは言葉につまった。先生は、つぎはきみの番だよ、とママールに合図を送った。

好きな人をぎゅっとだきしめる券
好きなことをのんびりやる券
休み時間をいつまでものばす券
教科書を家にわすれる券
長い休みをとる券
ラッキークーポン——なんでもできる券

どんどん読みあげられるうち、最初おどろいていたみんなは、なんだかわくわくしてきた。けれど、新学期はまだはじまったばかりだ。大さわぎするには早すぎる。

そのとき先生が、いきなりぺらぺらしゃべりはじめた。

「わたしの名前は、ユベール・ノエル。子どものときから――そう、わたしにも子どものときがあったんだよ――サンタというあだ名でよばれている。ノエルにはクリスマスという意味があるからね。先生になったのも、サンタのようにプレゼントをするのが大好きだからだ。これからみんなには、毎日プレゼントをするつもりだ。一年間、ただで勉強を教えてあげよう。本をプレゼントしよう。きれいな字の書き方も、正しいスペルも教えよう。算数も、理科もだ。わたしが人生で学んだことも、ひとつのこらず話してあげよう。天変地異《てんぺんちい》もふくめて！」

「てんぺんちいって、なんですか？」と、コンスタンスがきいた。

「そうだな」

先生は、辞書を手にしながらこたえた。

「よし、もうひとつ、すばらしいプレゼントをあげよう。この本には、あらゆる言葉の意味が書いてある」

そして、「て」のページをひらき、辞書をコンスタンスにわたした。コンスタンスは、「わたしに『てんぺんちい』のところを読んでほしいのね」と思った。

「天変地異――とつぜんの大災害《だいさいがい》や大変動。（例）地震《じしん》、洪水《こうずい》、たつまき」

「または、愛する者の死」

先生がそっとつけたした。その悲しそうな声を聞いたのは、すぐそばにいたシャルルだけだった。

「三回使えば、この言葉も自分のものになる。わたしからみんなへのプレゼントだ！」

シャルルは、そんな調子のいいせりふにだまされたりはしなかった。

「天変地異《てんぺんちい》」なんて、毎日使えるような言葉じゃない。

「もうクーポンはかたづけていいぞ。これからいつでも、必要なときに使

いなさい。さて、みんなに、もうひとつプレゼントをあげよう」

ノエル先生は、また紙につつまれたものをくばった。みんながあけてみると、どれも同じ本だった。チャールズ・ディケンズ作『デイビッド・コパフィールド』だ。ぶあついその本には、小さい字がぎっしりつまっていて、さし絵はひとつもなかった。読みたくなるどころか、はっきりいって、そのまったく逆《ぎゃく》だった。

「けど、先生、これじゃあ、プレゼントとはいえません。だって、ほら、〈ポール・エリュアール小学校所有〉ってハンコがおしてある」

シャルルがいった。けれどサンタは、そんなことではひるまなかった。

「たとえ法律《ほうりつ》のうえでは学校のものでも、手にして読んだ瞬間《しゅんかん》から、この本はみんなのものだ。わたしがプレゼントしたのは、ストーリー、登場人物、書かれている言葉や文章、アイディア、感情《かんじょう》なのだから。一度読めば、そのすべてが一生自分のものになる。最初のほうを読んであげるから、のこりは自分で週末に読むといい」

「むりよ！」

ベネディクトがまた大声をあげた。これからフランス革命《かくめい》にでも参加しそうないきおいだ。みんなは自分のクーポンを出して、〈本を読まない券《けん》〉をさがした。けれど、そんなものはどこにもなかった。ノエル先生はおかまいなしに、舞台《ぶたい》で演《えん》じる役者のような調子で本を読みはじめた。

ぼくはどうやらこの本の主人公のようなので、まずは生まれたときのことを話しておこうと思う。聞いたところによると、ぼくは、ある金曜日の真夜中に生まれた。場所はサフォーク州のブランダーストンだ。この地方では、金曜日の真夜中に生まれた子どもは、不幸な人生をおくる運命にあるとかたく信じられている。そしてまた、そういう子どもはゆうれいが見えるとも思われている。

みんなは、じっと聞いていた。どのみち、先生がたくさん読んでくれれば、それだけ自分たちの読む分が少なくなる。

お昼になるころには、よろこんでいいのかわるいのか、わからなくなっていた。この先生は、たしかにおもしろいけれど、変すぎる。

ノエル先生は、みんなといっしょに食堂まで歩こうとしなかった。なるべく運動しないようにして、エネルギーを節約しているみたいに見えた。

「体育よ、さらば！」と、ローランがあきらめたようにいった。

ところが、お昼ごはんを食べおえると、ノエル先生は食堂にあらわれた。ひとりひとりに——五年生にだけでなく学校の生徒全員に——またプレゼントをくばった。歯ブラシと、チューブ入りの歯みがきだ。先生は、みんなをトイレにつれていって、自分のお手本どおりに歯をみがいているかチェックした。

「歯は宝石《ほうせき》みたいにきちょうなんだ。たいせつにするんだよ！」

最初にクーポンを使ったのは、シャルルだった。算数の授業《じゅぎょう》の真っ最中に、いきなり『母さん、つらいよ』という昔のヒット曲をうたいだしたのだ。

ノエル先生は、シャルルからクーポンをうけとって、授業《じゅぎょう》をとりやめた。それから、フランス国歌が書いてある紙をくばって、こういった。

「よし、みんなでうたおう！」

さあ、進め　祖国《そこく》の子らよ
栄光の日は　やってきた

「けど、先生、歌の意味がわかりません！」と、セルジュがいった。

「ぜんぶはわからなくていい。うたったときに感じる気持ちがだいじなんだから」

その夜シャルルは、真夜中すぎまで『デイビッド・コパフィールド』を読んでいた。おもしろくて、とちゅうでやめることができなかったのだ。それに、イギリス人の名前「チャールズ」は、フランス語読みだと自分と同じ「シャルル」なので、作者のチャールズ・ディケンズのことも身近に感じていた。

もしかしたらチャールズさんは、学校に来てくれたりするのかな。去年クラスにやってきて、ぼくたちに話をしてくれた作家の人みたいに。

つぎの日の朝、シャルルはとてもねむくて、起きあがることができなかった。

「ママ、今日はぼく、まだねててもだいじょうぶなんだ。クーポンがあるから」

「クーポン？」

「うん。カバンに入ってるから、見てみて」

シャルルはくたびれていて、自分で券《けん》をとりだすこともできなかった。

「これのこと？」

お母さんが、カバンのなかからひとつづりのクーポン券を出した。シャルルは、顔にのせていたまくらをはずして、うん、とうなずいた。

お母さんは最初、ねぼうできるクーポンなんてあるわけがないと思った。けれど、ちゃんと手のなかにある。〈ねぼうする券〉これじゃあ、シャルルのいうことを信じるしかない。

十時半ごろ、シャルルはたいくつしてきた。そこで学校に行き、ノエル

ねぼうする券

先生にクーポンをわたして、教室に入った。ところが、いったんわたしてしまうと、もうあのクーポンは使えないんだと、きゅうにさみしくなった。シャルルは、ベランジェールにこっそりおねがいした。

「ほしいものをなんでもあげるから、〈ねぼうする券《けん》〉をくれない?」

「いいわよ。かわりに、ほかのクーポンを三枚《まい》くれるならね!」

シャルルはうなずいて、てきとうにクーポンを三枚わたした。


その週は、シャルルの分をのぞいて、八枚のクーポンが使われた。ベネディクトの〈授業中《じゅぎょうちゅう》に食べる券〉、ママールの〈授業中にあてられてもこたえない券〉、コンスタンスの〈宿題をなくす券〉、それに、ほかの五人の〈ちこくする券《けん》〉だ。

同じようにおかしなことがつづいたつぎの週の終わり、ローランがみんなにむかってさけんだ。

「やっぱり〈体育をする券〉ももらわなきゃ！」

すると、シャルルもいった。

「〈学校に犬をつれてくる券〉もほしかったなあ」

シャルルは、クーポンをほとんど使いきっていた。反対にベランジェールは、かげでこっそり取引をして、どんどんふやしていた。

ローランはといえば、カバンのなかにクーポンをぜんぶしまいこんでいた。そしてあるとき、そっくりとりだして一枚《まい》えらび、歴史の授業《じゅぎょう》の真っ最中に、めちゃくちゃなダンスをおどりはじめた。（もしかしたら、ローラン自身が学校の新しい歴史をつくったことになるのかもしれない。)

ノエル先生は、ローランから券《けん》をうけとると、つくえを教室のはしによせて、いった。

「よし、これからわたしがダンスのお手本を見せよう。みんなぐらいの年におどっていた、ジルバというダンスだ」

先生は、CD《シーディー》プレーヤーのスイッチを入れて、ボリュームをいっぱいにした。それから教室の真ん中に出ていって、ひとりでくるくるおどりはじめた。

そこへ運わるく、校長先生のマダム・ペレスが見まわりにやってきた。

けれど、大スターになったつもりのノエル先生は、ぱっと顔をかがやかせた。さがしていたダンスのパートナーがちょうどあらわれたと思ったのだ。ノエル先生は、いやがる校長先生の手をとって、むりやりダンスをつづけようとした。

校長先生は、ノエル先生を思いきりつきとばした。そのいきおいで、ノエル先生の太った体が、くるっとまわりながらつくえにぶつかった。めがねがゆかにおちて、ズボンのボタンがはじけとんだ。

「天変地異《てんぺんちい》だわ！」

コンスタンスがさけんだ。自分がしょうかいした言葉がやっと使えて、とくいげだった。

「すぐに校長室に来てください！」

校長先生がノエル先生にいった。

校長先生であるマダム・ガミガミ・ペレスは、夫にしか愛されていなかった。なのにその夫さえも、はやばやとにげだしてしまった。妻《つま》より先に死んでしまったのだ。

ペレス校長は、学校付属《ふぞく》のアパートに住んでいる。子どももペットもいない、たったひとりの部屋に。

日曜日にペレス校長が出かけるところなんて、だれも見たことがない。朝から晩《ばん》まで四角いかべのなかでなにをしているのか、それはなぞのままだった。もしかしたら、もっとみんなをこわがらせる方法を、ひたすらさがしているのかもしれない。

ペレス校長は、みんなにきらわれていた。といっても、ノエル先生だけはべつだった。ノエル先生は、年はとっているけれど、学校では新入りだ。だから、まだペレス校長のことをよく知ってもいなければ、ほかの先生たちから話を聞いてもいなかった。

ひとことでいえば、ペレス校長は「いやなやつ」だ。きっと自分なりの理由があるのだろうが、ポール・エリュアール小学校の先生や生徒を、軍隊のような規則《きそく》でしばりつけていた。さからったらたいへんなことになると、だれもが知っていた。

けれど、ムッシュ・ユベール・ノエルは、こわいものなしだった。まあ、まったくこわくないというわけでもないだろうけれど、少なくともマダム・ガミガミ・ペレスのことはこわくない。いろんなことをたくさん経験《けいけん》してきたので、人生はそんなにかたくるしいものじゃないとわかっていた。

だいたい、あの女性《じょせい》になにができるっていうんだ？　ノエル先生には、失うものなどなかった。こわいものがあるとすれば、「にくしみ」といった、心をむしばむものだけだ。それに、いつだって先生は、心をはぐくむもの——つまり「愛」に目をむけていた。

ノエル先生にとってみれば、六十歳《さい》に近いはずのペレス校長だって、まだまだかわいいぐらいだ。ノエル先生は、あいさつがわりにワインを一本持っていくことにした。それをいいアイディアだと思いながら、校長室のドアをノックした。

ペレス校長は、「どうぞおかけください」とはいわなかった。自分だけいすにすわったまま、そっけない声で、規則集《きそくしゅう》にのっている校則を、そして民法のなかの労働法をえんえんと読みあげた。

ノエル先生は、ひとことも口をはさめなかった。そもそも、ペレス校長の話を聞いてさえいなかった。ずっと立っていたせいで、くたくたになってしまったのだ。

話が終わると、ペレス校長はさっさと立ちあがり、ドアをあけてノエル先生を追いだした。ノエル先生は、ワインを持ったまま校長室を出た。二度とここには来たくないと思いながら。

そして家に帰ると、ひとりでワインを一本飲みほした。


週に一度、ノエル先生はみんなを社会科見学につれていった。そこですることも、ローランの大好きな体育とはぜんぜんちがっていた。

先生は、社会科見学を、「人生へのちょっとしたチャレンジ」とよんでいる。今日のチャレンジは、名づけて「郵便局《ゆうびんきょく》で手紙を出そう」だ。クリスマスが近づいていたので、カードや小包《こづつみ》の送り先はいくらでもあった。

みんなは、中央郵便局のあまりの大きさにおどろいた。ゆかにネジどめされたいすが、ずらっと何列にもならんでいる。

ノエル先生は、番号札が出てくる機械を指さした。みんなは、そこから札を一枚《まい》ずつとった。先におおぜいの人が待っていたので、ものすごい数のいすがあるのに、ひとりもすわることができない。しかたなくみんなは、番号が順番に表示《ひょうじ》される小さな画面を、立ったままじっと見つめた。だけど、なんでこんなに時間がかかるんだろう？　どこにも行けないで、ただじっとしてるなんて、死ぬほどたいくつだ。

ママールは、そのたいくつな時間を使い、いきなりアラビア語でヒット曲をうたいだした。クーポンはいつもポケットに入れていた。コンスタンスは、こしをくねくねまわすベリーダンスをはじめた。郵便局《ゆうびんきょく》にいた人たちは、動物園からにげてきた動物たちを見るような目つきで、ふたりを見た。

とうとうみんなの順番が来ると、ノエル先生はいった。

「順番を待つのがどれだけたいへんか、わかっただろう？　人生には、かなりのがまんが必要なんだ」

つぎの週、先生はみんなを駅につれていくことにした。自動券売機《じどうけんばいき》から

ゆうびんきょく

自分で切符《きっぷ》を買えるようにするために。

さすがのマダム・ガミガミ・ペレスにも、さみしさにたえられない日曜日があった。そんなときは、学校のすぐとなりの、きちんとかたづいた小さなアパートで、「わたしは生きているのかしら、それとも死んでいるのかしら」と考える。ときどき、ほんとうに自分の墓《はか》のなかをうろついているような気がする。だれかに電話してもいいけれど、電話する相手なんていない。家のそうじをしてもいいけれど、よごれているところなんてどこにもない。あれやこれやですぎていく平日はまだしも、週末がおそろしかった。

いっぽうのノエル先生も、学校のある日はなんとかすごしていた。けれど、妻《つま》を亡《な》くしてからというもの、長い休みはつらいものになっていた。子どもや孫はちがう町に住んでいるし、ちがう国でもくらしている。ノエル先生には、四人の子どもと十一人の孫がいた。みんな自分と同じような生き方をしていて、そのことはうれしく思っていた。

子どもたちは、ノエル先生としょっちゅう電話をかけあい、手紙をやりとりしていた。メールができるようになるからと、先生にパソコンを買わせたがった。けれど先生は、パソコンになんて興味がなかった。

ノエル先生はふと校長先生を思いだした。ペレス校長は、校長室で一度会って以来、なにもいってこない。というよりも、ふたりはおたがいをさけるようになっていた。

たしかに、ノエル先生の教え方が、ちょっと変わっていることに気づいた親はいた。ちゃんと勉強を教えてもらえなくて、子どもが中学に進めなくなるのではと心配する親も。けれどみんな、ガミガミとうるさい校長先生にもんくをいいにいっても、なんにもならないと知っていた。

やがてクーポンはすっかり使われなくなった。カバンにしまいこんでいるだけなんて、とノエル先生はがっかりした。けれど、授業《じゅぎょう》がとてもおもしろいのだから、〈授業を聞かない券《けん》〉なんて必要ない。学校に来たくてたまらないのだから、〈学校を一日サボる券〉なんて使えるわけがない。

ノエル先生は、みんなにいいきかせた。

「いいかい。クーポンを使えるのは、生きているうちだけだ。死んでしまったら、使わなかったものは、むだになるんだよ」

そのことについて、みんなは休み時間に話しあった。先生の教えをむだにしちゃいけない。みんなは、いっせいに同じクーポンを使うことにした。

教室にもどると、先生はいつものプレゼント――テストを、せっせとくばっていた。

つぎの瞬間《しゅんかん》、なにが起こったのか、ノエル先生にはわからなかった。

これこそ、まさに天変地異《てんぺんちい》だ。とつぜん、先生の耳にものすごい音が聞こえてきて、たちまち校長先生がとんできた。

生徒たちが使ったのは、〈さわぐ券《けん》〉だった。ペレス校長は、みんなのさわがしさに負けないぐらいの金切《かなき》り声《ごえ》で、思いきりどなった。

「ノエル先生、すぐに校長室に来てください！」

けれど、生徒のみんなには、なにもいわなかった。生徒のすることは、すべて先生に責任《せきにん》があるというわけだ。

教室を出るとき、ノエル先生は、ベネディクトにクーポンをねだった。さすがの先生も、今度ばかりはびくびくしていた。

マダム・ガミガミ・ペレスは、校長室のドアのすぐ内がわに立って、ノエル先生をどうこらしめてやろうか考えた。そのとき、クーポンが一枚《まい》、ドアの下からすべりこんできた。そんなものをわざわざかがんでひろいたくはないけれど、なにが書いてあるか気になってしかたがない。えものの

ノエル先生の足音がろうかを遠ざかっていくと、ペレス校長はゆかに目をやって、クーポンに書いてある言葉を読んだ。

〈しかられない券《けん》〉

ノエル先生が教室にもどると、もうひとつおどろくことが待っていた。クラスのみんなが、教室の真ん中に先生のいすをおいて、その前にずらっとならんでいたのだ。すかさずシャルルが、「すわってください」と先生にいった。みんな、クーポンを一枚《まい》ずつ手に持っている。と思ったら、そのたいせつな券をどんどん先生にわたして、先生の両方のほっぺたに、ひとりひとりブチュッとキスをしていった。ノエル先生をなぐさめようとしたのだ。だれかをなぐさめるのに、キスほどいいものって、ほかにない。

「五十四回！」と、キスの数をかぞえていたセルジュがさけんだ。

キスをする券
キスをする券
キスをする券

「こらこら、キスはかぞえるものじゃないよ」と、先生がいった。

そのとき校長先生がドアのすきまから教室をのぞいていたことに、だれも気づかなかった。ペレス校長は、なんだかさみしくなって、こっそりその場をはなれた。自分もキスをしてもらいたい気持ちだった……。


クラスのみんなは、同じクーポンを全員でいっせいに使ったほうがおもしろいことに気づいた。

ある日、ノエル先生が教室に行ってみると、目の前にはシャルルしかいなかった。シャルルだけが、〈学校を一日サボる券《けん》〉を先に使っていたからだ。

そもそもシャルルは、クーポンを一枚《まい》も持っていなかった。もうぜんぶ使いきってしまっていた。

ノエル先生は、チェスをやろうとシャルルにいった。

「やり方がわかりません」

「だからこそ学校に来てるんじゃないか。わたしが教えよう」

ペレス校長は、ノエル先生のあとをつけ、かぎまわり、じっとようすをうかがっていた。怒《いか》りと、少しばかりのねたましさから、ノエル先生を追いだす作戦をねることにした。

お昼ごはんのあと、ノエル先生は、新しいクーポンをいっしょにつくろうとシャルルをさそった。ペレス校長にあげたいと思っていることは教えなかったけれど、前のクーポンとは、まるきりちがう例をあげた。

「〈にっこりする券《けん》〉なんてどうだい？」と、先生。

「〈げらげら笑う券〉とか、〈じょうだんをいう券〉は？」と、シャルル。

ふたりは、いろんなアイディアを出しあった。

自分を楽しませる券
パーティーをひらく券
「わたしが世界一だ！」とさけぶ券
あわのおふろに入る券
太陽の光をあびる券

「くそっ」という券《けん》
失礼なことを質問する券
わがままをいう券
友だちを家に招待する券
ピクニックに行く券
海辺をさんぽする券
山にハイキングに行く券
詩をつくる券
メリーゴーラウンドでくるくるまわる券

シャルルは、おばあちゃんがよろこびそ

うなものも、つけたしたいと思った。

人助けをする券《けん》
お年よりをだきしめる券
入院している人のおみまいに行く券

ふたりは、午後じゅうかかって、このクーポンのセットをいくつかつくった。ノエル先生はとても気に入って、自分のポケットにもひとつ入れた。そして学校を出る前に〈自分を楽しませる券〉をとりだし、ふと立ちどまって考えた。なんでも、いうのはかんたんだが、じっさいにやるのはむずかしい。このクーポンも、そのひとつじゃないか。

先生は、お気に入りのレストラン「クスクス・ロワイヤル」で、最高においしい夕ごはんを食べてやろうと決めた。ところが、そこへマダム・ガミガミ・ペレスがやってきて、こういったので、食欲《しょくよく》が一気になくなってしまった。

「これはぜったいにゆるしがたいことです！　同じクラスの二十六人の生徒が、そろいもそろって学校を休むなんて！　保護者《ほごしゃ》に電話をしたら、同じばかげた話ばかりするじゃありませんか。まかふしぎなクーポンがあるから、休んでいいって。いったい、だれのしわざですか？」

ノエル先生は説明しようとした。けれど、口をはさむひまがなかった。

「あなたの教育法とやらは、どうしようもありませんね。子どもたちの学ぶ機会をだいなしにしているのですから。あなたは、うちの学校の評判《ひょうばん》をおとしているのですよ。もうこれ以上、こんなめちゃくちゃなやり方にはがまんできません。子どもたちをあなたみたいないいかげんな人間にしようったって、そうはいきませんからね！」

ノエル先生は、とりあえずにっこり笑いかけた。けれどペレス校長には、なんの役にも立たなかった。校長先生の気持ちを少しでもやわらげて、人助けをすることができたらと思っていたのに。ほんとうは、いっしょにアフリカ料理のクスクスを食べにいきませんか、とさそいたかった。けれどそうするかわりに、ポケットから出したクーポンのセットをペレス校長の手におしつけて、いちもくさんにかけだした。

けっきょく、お気に入りの「クスクス・ロワイヤル」には行かなかった。ノエル先生は、ゆうべの残り物のスパゲッティを食べ、テレビの前でねむってしまった。

ノエル先生には、いろんなアイディアがあった。

「今日は、とてもだいじなことをしよう。みんなで、ひとつ約束するんだ」

みんなは、なんだろうとわくわくした。

「まずは、順番にひとりずつ、きのうの夜はなにをしていたか教えてくれるかな」

二十七人とも、こたえは同じで、「テレビを見ていました」だった。

「なるほど。じゃあ、なにを見たかを書いて、短い説明をつけて、おもしろかったか、まあまあだったか、つまらなかったか、その番組を評価《ひょうか》してごらん」

「先生、おぼえてません！」と、クラスのみんながいっせいにいった。

「だったら、おもしろかったかどうかだけでも思いだすんだ」

先生は、みんなが書いた紙をあつめて、評価の集計を黒板に書きだした。

とてもおもしろかった　2
おもしろかった　2
つまらなかった　4
思いだせない　8
まあまあだった　11

「じつをいうとわたしも、きのう見た番組があんまりおもしろすぎて、とちゅうでねちゃったんだ。だから、どうせまあだと思ってる子が多いなら、いっそテレビなしですごしてもいいんじゃないかな?」

先生、なにをいいたいんだろう?

「こんな約束はどうだい? 〈週にひと晩《ばん》、テレビを見ない日をつくる〉守れるかな?」

シャルルはびくっとした。先生にいたいところをつかれたのだ。

ぼく、自分の部屋にだってテレビがあるのに……。

「先生、そんなのむりです」

「やってみることも?」

みんなは先生と約束した。シャルルひとりをのぞいて。

ノエル先生には、つぎつぎとアイディアがうかんだ。たしかに、テレビの約束のように、なかにはだれかがよろこばないものもあった。けれど、いつもびっくりするようなことを先生がきゅうに思いつくので、みんなはおもしろがった。ノエル先生はわかい先生と同じくらいやる気まんまんだと、だれもが思っていた――マダム・ガミガミ・ペレスをのぞいては！

ノエル先生のすばらしい発明のひとつに、郵便箱《ゆうびんばこ》のような形をした「話しあい箱」というものがある。クラスのみんなは、週に一度の学級会で話しあいたいことを紙に書いて、そのなかに入れることができる。

毎週金曜日、ひとりが箱のなかからあてずっぽうに紙を引く。今日はベネディクトの番だ。ベネディクトは、引いた紙をひらいたとたん、顔じゅう真っ赤になった。書いてあることをどうしても読みあげることができない。ちょっとせきばらいをしたあと、くすくす笑いだしてしまって、ひとことも言葉が出てこなかった。

ママールがかわりに読もうとしたけれど、やっぱりだまりこんでしまった。紙は、熱くて持てない焼きたてのジャガイモのように、手から手へとクラスじゅうをまわった。

最後にうけとったのは、シャルルだった。シャルルは、紙に書いてある言葉を読んでも、ぜんぜん平気だった。それに、みんなのようすにうんざりしていた。

「セックスについて！」

シャルルが読みあげると、くすくすというしのび笑いが、教室じゅうに広まった。

「みんな、どうして笑ってるんだい？」と、先生がきいた。

「いやらしいからです！」と、ローランがこたえた。

「どうしていやらしいんだい、ローラン」

ノエル先生は、みんなにきっぱりいった。

「みんなが今ここにいるのだって、ご両親のセックスのおかげなんだよ！」

ちょうどそのとき、教室のドアがひらいた。

ペレス校長が、目をむいてどなった。

「ノエル先生、わたしについてきてください！」

ざんねんなことに、〈校長先生についていかない券《けん》〉は、どこにもなかった。

ノエル先生が教室を出ていくと、シャルルは悲しそうにいった。

「今度こそ、もうだめかも」

みんなは、このあとに起こりそうなわるいことをいろいろあげていった。

体育ができないともんくをいっていたローランでさえ、「ノエル先生は、ほんとにいい先生なのに」とつぶやいた。

「ぼくたち、ノエル先生のクラスでよかったよな。プレゼントをほんとにいっぱいもらったし」

ママールもそういった。みんながみんな、おそうしきにでも出ているような顔をしていた。

決断《けつだん》は、あっというまにくだされた。ペレス校長は、教育省から今朝うけとったばかりの手紙をノエル先生にわたした。内容《ないよう》は、ペレス校長の希望どおり、ノエル先生と学校との契約《けいやく》を更新《こうしん》しないというもので、ノエル先生をとうとう退職《たいしょく》に追いこむことをしめしていた。

ノエル先生は、あきらめるしかなかった。

ノエル先生は、ぐっとむねをはって教室にもどった。仕事をつづけられなくなったといっても、学年が終わるその日まで、五年生の担任《たんにん》であることに変わりはない。

退職《たいしょく》のことは、クラスのみんなにも知らされた。

五年生が卒業する前の日、ノエル先生はクラスを見わたしてきいた。

「わたしがすばらしいと思っているのは、クーポンを使いきった子と、使わないでとっておいた子、どっちだろう?」

みんなと取引をしてクーポンをどっさり持っていたベランジェールが、とくいげに手をあげた。

「とっておいた子です」

「ざんねんだけど、それはちがうな。わたしがみんなにクーポンをあげたのは、使ってもらうためだったんだから。今からじゃ、もうおそいけどね」

クラスじゅうが、しんとなった。なかには、がっかりしてだまっている子もいた。

「じつはみんなは、生まれたときからたくさんのクーポンを持っているんだよ。たとえば、どんなクーポンだと思う？」

今やクーポンを使う名人となっていたシャルルが、すかさずさけんだ。

「生きる券《けん》！」

「そうだね。ほかには？」

「歩く券！」と、ローラン。

「話す券！」と、ベランジェール。

「読み書きをならう券！」

「いろんな言葉をならう券！」

ベネディクトの列のみんなが、歴史をならう券《けん》、地理をならう券、生物をならう券と、いろんな「ならう券」をあげていった。

「スポーツをする券！」と、ローランがまだうらめしそうにいった。

「愛する券」と、ベネディクトがうっとりしながらつづけた。

「幸せになる券」

「泣く券」

「なにかを決める券」

シャルルは思わず、こうつけくわえた。

「セックスについて話す券」

「うん。みんな、わかったようだね。そういった券を、わたしたちは生まれながらに持っているんだ。だったら、使わなきゃ！　そうだろう？　あしたは、命と、命があたえてくれたすべてのクーポンを祝って、バースデー・パーティーをしよう。わたしがケーキを持ってくるよ」

するとシャルルがまた、いいことを思いついた。先生にプレゼントをあげようと考えたのだ。

けれど、うまくいくかどうかは自信がなかった。


つぎの日、ノエル先生はみんなに最後のプレゼントをくれた。まっさらなノートだ。表紙には先生の字でこう書いてあった。

〈自分の人生をつづる券《けん》〉

そのあとシャルルが、先生にでっかいふうとうをわたした。

ふうとうのなかには、二十六枚《まい》の〈ラッキークーポン——なんでもできる券《けん》〉が入っていた。

「これでなにをするつもりだい？」と、先生がきいた。

「先生にプレゼントをあげようと思います！」と、シャルルがこたえた。

よく見ると、ふうとうには大きな紙も一枚入っていた。そこには、金色のインクでこう書いてあった。

〈いっぱい働いた分、いっぱい楽しむ券〉

先生は、心からうれしそうに、にっこり笑った。

「なるほど。これから時間はたっぷりあるし、なんでもできるもんな」

そういうと、ひとりひとりをぎゅっとだきしめた。

ノエル先生は、大きなクーポンを持って学校をあとにした。ペレス校長

ありがとう
ノエル先生

にはひとことのもんくもいわずに。そして、お気に入りのレストラン「クスクス・ロワイヤル」にまっすぐむかっていった。

訳者あとがき

長くて暑い夏休みが終わると、フランスでは新学年のはじまりです。小学校で最上級生の五年生となるシャルルたちは、わくわくしながら教室へむかいました。しかもところがそこで待っていたのは、しわだらけの太ったおじいさんでした。しかもこのおじいさん――担任《たんにん》のノエル先生は、とても変わっていました。いきなりひとりひとりに〈ねぼうする券《けん》〉〈ちこくする券〉などと書かれたクーポンをくばったのです！

シャルルたちは最初びっくりしますが、やがて楽しんで券を使いはじめます。そのせいでノエル先生は校長先生ににらまれ、たいへんなことになってしまうのですが、生徒たちは、「人生を楽しむ」というだいじなことを学びます。きっと小学校を卒業するときには、「せっかくこの世に生まれてきたんだから、やれることはなんでもやって、楽しまなきゃ（もちろん、他人にめいわくをかけないていどに）」

と思ってくれたことでしょう。

できることなら、ノエル先生にもう少しがんばってもらって、校長先生にも生徒たちと同じ気持ちになってほしかったところですが……。作者は、人生の楽しみに気づけないもったいなさも描《えが》きたかったのかもしれません。いえ、もしかすると、ノエル先生がひそかに〈むりにがんばらない券《けん》〉かなにかを使ったのかもしれませんね。

この物語は舞台がフランスで、原書もフランス語で書かれていますが、じつは作者はもともとアメリカ人で、ニュージャージー州のニューアークに生まれました。最初に学んだ大学も同州のラトガーズ大学で、作者のホームページによると、「フランスなんて国があることも知らないで育った」そうです。

そんな作者がフランス語で物語を書くようになったのは、フランス人のジャック・モルゲンステルンさんと結婚し、フランスに移住したからでした。当時は「フランス語は三つの単語しか知らなかった」というのに、今ではフランス語で四十作以上の児童書を発表し、有名作家となるばかりか、二〇〇〇年の国際アンデルセン賞でフランスの候補者《こうほしゃ》にまでなっているのですから、ほんとうにおどろきです。

日本ではじめて紹介されたのは、『ステーシーの頭のポケット』（南本史《みなみもとちか》訳／あかね書房／一九八五年／絶版）で、このときは英語読みの「スージー・モーゲンスターン」という作者名で出版されました。『ノエル先生としあわせのクーポン』の本文のなかに、英語の「チャールズ」をフランス語読みすると「シャルル」になるという話が出てきますが、「スージー・モーゲンスターン」もフランス語読みをすると「シュジー・モルゲンステルン」と変わります。そのフランス名で出たのが、邦訳《ほうやく》では二作目となる『秘密の手紙――0から10』（河野万里子《こうのまりこ》訳／白水社／二〇〇二年）で、その後は日本でも彼女の本をよく見かけるようになりました。作者名の表記に多少ばらつきがありますが、すでに十冊近くの邦訳書が出版されています。

『ノエル先生としあわせのクーポン』は、フランス語版が出たあと、英語版と韓国語版も刊行されました。二〇〇〇年には、フランスの読者が選ぶクロノス賞を受賞し、二〇〇二年には、アメリカ図書館協会が翻訳作品《ほんやくさくひん》に与えるバチェルダー賞の次点に選ばれています。翻訳者の宮坂が出会ったのは、アメリカの書店に置かれていたこの英語版でした。一読してとりこになり、講談社に紹介して版権などを調べてもらううち、英語版も作者が自分でチェックしていることや、英語版から訳しても差し支えないということがわかったのですが、もとのフランス語版になるべく近いほうがいいだろうということで、フランス語圏からの帰国子女である佐藤が、フランス語版とのつきあわせや内容の確認を行いました。

　最後に、物語にぴったりのすてきな絵をつけてくださったイラストレーターの西《にし》村《むら》敏《とし》雄《お》さん、作者名の表記についてご助言くださった翻訳家の河野万里子さん、そして、予想外のさまざまな出来事にもめげずに出版までこぎつけてくださった編集者の渡邉由香さんに、心から感謝します。

二〇〇九年五月

宮坂宏美　佐藤美奈子

■シュジー・モルゲンステルン

アメリカ・ニューアーク州生まれ。ニュージャージー州ラトガーズ大学、イスラエルのヘブライ大学、フランスのニース大学で学ぶ。外国語であるフランス語での執筆活動が評価され、フランス政府から『芸術・文学勲章』を授与される。趣味はコントラバスの演奏。二人の娘と三人の孫がいる。他の作品に『秘密の手紙0から10』、絵本に『パリのおばあさんの物語』『ド・レ・ミわたしのバイオリン』がある。

■宮坂宏美

弘前大学人文学部卒業。絵本の訳書に『ロビンソン一家のゆかいな一日』(あすなろ書房)、児童書の訳書に『ムーン・ランナー』「ランプの精リトル・ジーニー」シリーズ(いずれもポプラ社)、「ジュディ・モードとなかまたち」シリーズ(小峰書店)、「盗神伝」シリーズ(共訳・あかね書房)などがある。

■佐藤美奈子

慶應義塾大学大学院法学研究科修士課程修了。子ども時代をフランス・パリやスイス・ジュネーブで過ごし、フランス語を習得。中学はブルガリア・ソフィアのフランス人学校を卒業。こうした体験がきっかけで語学や言葉に興味を持ち、後に英語や翻訳を学ぶ。会社員を経てビジネス翻訳の道に。文芸書の翻訳はこれが初めて。

■絵　西村敏雄

■装丁　脇田明日香

ノエル先生《せんせい》としあわせのクーポン

2009年 6 月25日 第 1 刷発行
2024年 8 月23日 第15刷発行

著／シュジー・モルゲンステルン
訳／宮坂宏美《みやさかひろみ》　佐藤美奈子《さとうみなこ》

本文データ制作／講談社デジタル製作
発行者／森田浩章
発行所／株式会社講談社
〒112-8001　東京都文京区音羽 2-12-21
電話　編集　03-5395-3535
販売　03-5395-3625
業務　03-5395-3615

KODANSHA

印刷所／共同印刷株式会社
製本所／大口製本印刷株式会社

N.D.C.953　71p　20cm　ISBN978-4-06-283215-1

講談社の翻訳読みもの

バレエなんて、きらい

ジェニファー・リチャード・ジェイコブソン／著
武富博子／訳

どうしてわかってくれないの？　三人でいっしょにいたいのに。ウィニーとふたりのなかよしの、あらたな友情へのステップ！　小学校中級から読めます。

978-4-06-214504-6

―――――――アンドリュー・クレメンツの本 ――

こちら『ランドリー新聞』編集部

田中奈津子／訳

学級新聞がまきおこす大事件。さあ、カーラ、
どうするの？